TIRAGE LIMITÉ A 265 EXEMPLAIRES :

5 exemplaires sur Japon impérial, dans le format
in-16 soleil, numérotés à la presse de I à V.

Et dans le format in-16 jésus :

15 exemplaires sur vélin pur fil de Rives bleu azur, numérotés de 1 à 15.

75 exemplaires sur vélin à la cuve du Marais, fabriqué
à la main, au filigrane de *La Centaine*, numérotés
de 16 à 90.

160 exemplaires sur vélin blanc pur chiffon du Marais, numérotés de 91 à 250.

(15 exemplaires hors commerce marqués de A à O).

EXEMPLAIRE N°

SEPT MÉDAILLES AMOUREUSES

HENRI DE RÉGNIER

DE L'ACADÉMIE FRANÇAISE

Sept
Médailles amoureuses

LA CENTAINE

157, BOULEVARD SAINT-GERMAIN, 157

PARIS-VIᵉ

MCMXXVIII

NAISSANCE DE L'AMOUR

UAND j'eus fermé la porte et lorsqu'elle fut nue
Comme il sied d'être pour aimer ou pour mourir,
Je sus qu'elle était belle et propice au plaisir
De tout son jeune corps agréable à la vue.

L'ÉPAULE était gracile et la gorge menue,
Mais douce pour la main qui la voudrait saisir.
Moi, j'étais dévoré du feu de mon désir,
Elle, sans pudeur feinte ou faux air d'ingénue.

ET, dès que je l'eus prise entre mes bras, touché
Sa chair et que j'eus vu, m'étant sur eux penché,
Luire en ses yeux l'éclair qui commande un destin,

J'AI senti que l'oubli, de sa cendre mortelle,
Couvrait tout mon passé ténébreux et lointain,
Et c'est ainsi qu'est né mon grand amour pour elle.

LE SOUPER

OUS soupâmes hier chez la Cantinella
Au Palais Aldramin, non loin de Sant'Alvise;
Service, vins choisis, musique, chère exquise,
Tout fut du meilleur goût, mais sans air de gala.

POURQUOI ce mauvais sort que vous ne fussiez là !
Vous eussiez vu, et sans que rien ne les déguise,
Les trois plus belles courtisanes de Venise
Telles que je les vis et que Dieu les créa...

CAR les verres vidés, et s'étant mises nues,
Après que dans nos bras nous les eûmes tenues,
Nos belles ont formé le plus galant tableau;

ET digne du sérail d'un pacha barbaresque,
Nous eûmes à nos yeux ce spectacle fort beau :
Trois Grâces s'enlaçant sous un plafond à fresque.

LE DOUBLE HOMMAGE

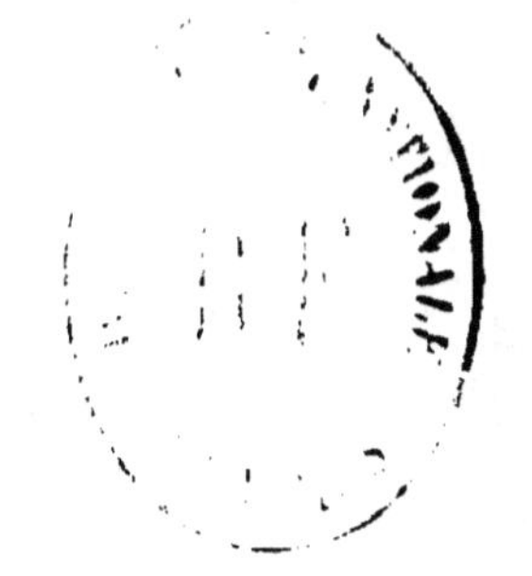

ORSQUE vous êtes nue et docile au plaisir
     De tout votre long corps qui s'apprête à l'étreinte
     Et que votre visage avec ardeur se teinte
Des chaleurs de l'attente et des feux du désir,

J'AIME, voluptueuse et tendre, à vous saisir
     En mes bras, consentante et cependant contrainte,
Afin d'entendre s'exhaler de vous la plainte
Dont le cri s'alanguit et s'achève en soupir.

LES lourds rideaux tirés rendent sombre la chambre;
     Sur la commode peinte une Nymphe se cambre
Sous le Faune cornu qui pénètre sa chair;

ET l'Amour, invisible au couple qu'il enflamme,
     Compare, double hommage à son autel offert,
Le plaisir de la Nymphe au plaisir de la Femme.

CONTRASTE

 'EST Vénus elle-même ou sa fille marine,
    Car son corps délicat est doucement nacré;
    Elle a la gorge haute et le port assuré,
Et, femme, on la dirait déesse d'origine.

QUEL prince, devant qui malgré soi l'on s'incline,
    Beau comme le matin dans un ciel azuré,
Mérite, entre ses bras jalousement serré
De goûter ce beau fruit né de la mer divine?

DÉTROMPEZ-VOUS, celui, hélas! que son cœur aime
    D'un amour sans rival est un avorton blême,
Chétif, la dent mauvaise, avec le poil rousseau,

MAIS au pâle voyou qu'a choisi son délire,
    Elle retrouve avec délice et les respire,
L'haleine de l'égout et l'odeur du ruisseau.

ALBINE

E vous ai trop aimée indolente et farouche
Pour ne plus vous aimer aujourd'hui que l'Amour
Impose son baiser à votre jeune bouche
Et soumet au plaisir votre corps sans atour.

Je vous ai trop aimée en la haute jeunesse
Dont l'éclatant orgueil vous brûlait de son feu,
Au temps où, sans pitié pour ma sombre détresse,
Vous aviez toujours l'air de marcher vers un Dieu.

Trésor par mon désir longuement convoité
Comme attire la soif la fontaine d'été,
Je vous ai trop aimée en vos beautés lointaines

Pour ne plus vous aimer à présent que ma main,
Sous les voiles levés qui me les rendaient vaines,
Caresse votre épaule et touche votre sein.

CARISTE

AI revu ce beau sein dont la forme parfaite
    M'a fait rêver souvent toute votre beauté,
    Et quand mon souvenir sur sa rondeur s'arrête,
Je pense voir mûrir quelque beau fruit d'été.

J'IMAGINE par lui, magnifique et complète,
    La grâce de la souple et pure nudité
Où j'évoque l'ombreuse et charmante retraite
Que l'Amour pour asile offre à la volupté.

CARISTE, comme au temps de la Grèce et de Troie,
    Belle, n'êtes-vous pas de celles qu'avec joie
Suit le désir épris d'un délice inconnu ?

ET c'est pourquoi, ce soir, de loin, je songe encore
    A tout ce que, de vous, je suppose et j'ignore,
Cariste au corps secret, Cariste au beau sein nu !

CHLORIS

HLORIS, aux bras de son amant, nue, est pareille
A ces Nymphes que peint Fragonard ou Boucher,
Qui, fuyant le Satyre ou le divin Archer,
Montrent un frais contour à l'œil qui s'émerveille...

CHLORIS est nue. Alors il lui parle à l'oreille.
Elle rit. Elle sent un corps se rapprocher
Du sien, et dans sa chair délicate au toucher
Délicieusement la volupté s'éveille.

CHLORIS aux yeux charmants est ardente au plaisir ;
Elle aime tour à tour et selon son désir
L'étreinte vigoureuse ou la longue caresse ;

MAIS si, parfois, Chloris préfère d'autres jeux,
Elle est son propre amant et sa propre maîtresse,
Se contente elle-même, et laisse faire aux Dieux !

TABLE DES MATIÈRES

Achevé d'imprimer

le quinze mai mil neuf cent vingt-huit

par

les Imprimeries LAINÉ et TANTET

à Chartres

pour les Éditions de

LA CENTAINE